CHEECH
Y EL AUTOBÚS FANTASMA

por Cheech Marin

ilustrado por Orlando L. Ramírez
traducido por Miriam Fabiancic

rayo

Una rama de HarperCollinsPublishers

¡BUENOS DÍAS!

Me llamo Cheech y soy el chofer de tu autobús escolar.
Soy un chofer muy, muy, muy pero MUY bueno.
SIEMPRE llego a la escuela a tiempo y siempre llevo a mis
Cheecharrones en las mejores excursiones.

Bueno, CASI siempre.

Una vez, estábamos pasando por un cementerio y vi a unos chicos que estaban esperando el autobús. La verdad es que se veían un poco raros, pero de todas maneras decidí recogerlos, pues la regla número uno de los choferes de autobús es llevar a todos los chicos, hasta los más espantosísimos.

Pero cuando abrí la puerta para que subieran, ¡los chicos desaparecieron!

Después me di cuenta de que los Cheecharrones estaban gritando más que de costumbre. Primero, pensé que estaban haciendo sus travesuras de siempre. Además, ¡tenía que prestar atención al volante!

Al rato, me dijeron que el autobús estaba embrujado.

—Los fantasmas no existen —les dije—. Yo no creo
en fantasmas desde que era un chavo.
Entonces me di vuelta.

—¡Aquí no están permitidos los
fantasmas! —dije—. ¡Tenemos
que deshacernos de ellos!

Primero, tratamos de asustarlos . . .

Por último, tratamos de correrlos.

Los fantasmas de veras se veían divertidos. Todos la estaban pasando de maravilla. Tanto así, que se olvidaron de mí. ¡Así es que decidí echar a esos fantasmas yo mismo!

—¡No se permiten fantasmas en el autobús! —les dije—. ¡Esa es la regla número cinco!

—¿En serio, Cheech? ¿De verdad es una de tus reglas? —preguntó Carmen.

—Sí, lo siento mucho —les dije—, pero todos los fantasmas tendrán que bajarse del autobús **INMEDIATAMENTE**.

Creí que se había resuelto el problema.
¡Pero los fantasmas no se habían ido muy lejos!

Los fantasmas nos llevaron volando a un pueblo
fantasma, ¡donde aterrizamos en una escuela encantada!

¡Eso ya era demasiado! ¡Los fantasmas no estaban
respetando las reglas del autobús! Ya me estaba preparan-
do para darles un buen discurso sobre las reglas de seguri-
dad, cuando sentí un golpecito en el hombro . . .

¡Era un chofer fantasma!

—¡Encontraste a mis fantasmitas! —dijo el chofer
fantasma, ¡y me dio un fuerte abrazo fantasmal!

Ahora, yo también tenía mi propio amigo fantasma, ¡y era un chofer de autobús como yo! Los choferes de autobús son réquete buenos amigos. ¡Y todo gracias a esos loquísimos fantasmas!

A mis hijos: Carmen, Joey y Jasmine
—C.M.

A Pamela, a quien le gustan las cosas
espantosas y sobrenaturales
—O.L.R.

Rayo es una rama de HarperCollins Publishers.

Cheech y el autobús fantasma
Copyright © 2009 por Cheech Marin
Traducción: © 2009 por HarperCollins Publishers

Library of Congress ha catalogado la edición en inglés.
ISBN 978-0-06-113214-8 (trade bdg.)

Diseño del libro por Stephanie Bart-Horvath y Shira M. Cohen
1 2 3 4 5 6 7 8 9 10
❖
Primera edición